D1388595

Muireann agus Tuirne

Bhí dhá mhadra an-speisialta ag
Fionn mac Cumhaill. Bran agus Sceolán
ab ainm don dá mhadra. Fuair Fionn
iad cúpla mí tar éis dó dul i gceannas ar
na Fianna.

Madraí an-chliste a bhí iontu agus bhí Fionn an-mhór leo. Seo mar a fuair sé iad.

Ocht mbliana déag roimhe sin, nuair a bhí Fionn mac Cumhaill díreach cúpla lá ar an saol, d'fhág a mhamaí, Muireann, é agus d'imigh sí i bhfad i gcéin. Bhí a fear céile Cumhall, Taoiseach na Féinne, marbh. Goll mac Morna a bhí tar éis é a mharú. Anois bhí Goll ina Thaoiseach ar na Fianna. Bhí faitíos ar Mhuireann go maródh Goll mac Morna í féin agus Fionn beag, dá dtiocfadh sé orthu sa bhothán ar an sliabh. Thug Muireann póg dá babaí beag agus bhuail sí bóthar. Bhí sí croíbhriste agus í ag imeacht.

Chaith Muireann bliain iomlán ar a teitheadh ó Gholl. D'fhanadh sí istigh sna coillte móra i gcaitheamh an lae.

Amach léi san oíche, ag imeacht
ó áit go háit. Bhíodh sí ag cuimhneamh
ar Fhionn gach nóiméad den lá. Bhíodh
uaigneas mór uirthi.

Tar éis bliana, ní raibh faitíos ar
Mhuireann níos mó. Bhí a fhios aici nach
bhféadfadh sí dul ar ais chuig Fionn go
fóill. Ach ní raibh aon ghá an lá ar fad a
chaitheamh istigh sa choill anois.

Lá amháin, bhí sí ag siúl ar an trá
ag bailiú bia. Casadh fear uirthi. Iascaire
a bhí ann. Fear deas lách a bhí san
iascaire. D'éirigh Muireann cairdiúil leis.

Tar éis tamaill, thit Muireann agus an
t-iascaire i ngrá le chéile. Phós siad. Thóg
siad teach beag in aice na farraige.

Níor inis Muireann riamh don iascaire
faoi Fhionn nó faoi Chumhall, Taoiseach

na Féinne, a céad fhear céile.

Tar éis bliana, rugadh páiste eile do Mhuireann. Cailín beag a bhí inti.

Tuirne an t-ainm a thug Muireann agus a fear céile ar an bpáiste. Babaí beag gleoite a bhí inti. 'Lá éigin,' a dúirt Muireann leis an mbabaí beag, 'inseoidh mé duit faoi do dhearthráir, Fionn mac Cumhaill.'

Ní raibh na blianta i bhfad ag imeacht. D'fhás Tuirne suas ina cailín álainn. Bhí súile móra gorma aici agus gruaig fhada fhionn.

Nuair a bhí Tuirne seacht mbliana déag d'aois, tháinig scéal mór chuig an teach beag in aice na farraige. 'Tá Taoiseach nua ar na Fianna,' arsa an t-iascaire le Muireann, lá. 'Fionn mac Cumhaill is ainm dó!'

IS MISE MAMAÍ FHINN!

Nuair a chuala Muireann an scéal, thosaigh sí ag caoineadh le háthas.

'Céard atá ort, a mhamaí?' arsa Tuirne léi. Ghlan Muireann na deora dá súile.

'Tá scéal mór agam daoibh,' a dúirt sí le Tuirne agus lena fear céile. 'Is é Fionn mac Cumhaill mo mhac! Is mise mamaí Fhinn!'

2
Almhain

Nuair a chuala Tuirne an scéal, shocraigh
sí féin agus Muireann go rachaidís
ar cuairt chuig an Taoiseach óg in
Almhain, an dún speisialta a bhí ag
Fionn agus na Fianna.

An mhaidin dár gcionn, bhuail
Muireann agus Tuirne bóthar.

Bhí sé beagnach ina oíche nuair
a tháinig siad chomh fada le teach beag.
Bhí solas ar lasadh ann agus madra ag
tafann taobh istigh.

An chéad rud eile, rith madra amach
an doras. Rith fear amach ina dhiaidh.
Bhí bata ina lámh aige. 'Tar ar ais anseo!'

a bhéic an fear ar an madra. D'ardaigh
sé a bhata le buille a thabhairt don
mhadra.

'Stop!' arsa Tuirne. 'Ná buail an
madra bocht sin!'

Bhí ionadh ar an bhfear. 'Imigh leat!'
arsa an fear. 'Is liomsa an madra.'

'Seo linn a stór,' arsa Muireann.

Bhreathnaigh Tuirne ar an bhfear.

Bhí sí fós an-chrosta. Shiúil sí féin agus Muireann ar aghaidh. 'Is fuath liom daoine a bhuaileann madraí,' arsa Tuirne.

Tar éis seacht lá siúlóide, tháinig Muireann agus Tuirne chomh fada le hAlmhain, an dún mór a bhí ag Taoiseach na Féinne. D'inis Muireann don saighdiúir ag an ngeata go raibh sí ag iarraidh labhairt le Fionn mac Cumhaill.

'Is mise a mháthair,' a deir sí.

D'imigh an saighdiúir isteach sa dún. Tar éis tamaill, tháinig sé ar ais. Bhí fear óg, ard, a raibh gruaig fhionn air in éineacht leis. Bhreathnaigh Muireann ar an bhfear óg, dathúil.

'Tá tú díreach ar nós do dhaidí,'
a dúirt sí agus deora lena súile. Chuir sí
a dhá lámh timpeall ar Fhionn.

3
Tuirne agus an Rí

Bhí áthas an domhain ar Fhionn
a mháthair a fheiceáil arís. Bhí sé
an-sásta chomh maith casadh lena
dheirfiúr, Tuirne. Cuireadh féasta ar
siúl an oíche sin le fáilte a chur roimh
Mhuireann agus roimh Thuirne.
Lean an féasta ar aghaidh ar feadh
seacht lá agus seacht n-oíche.

Bhí Tuirne an-sásta a bheith in
Almhain chomh maith. Bhí fear óg
amháin ann a thaitin go speisialta léi.

'Sin é mac Rí Uladh,' arsa Fionn.
'Is cara mór liom é. Tar anseo agus
cuirfidh mé in aithne duit é.'

Gach oíche an tseachtain sin, rinne mac
Rí Uladh damhsa le Tuirne. Bhí Tuirne
an-tógtha leis. Fear deas, lách a bhí ann.
Níorbh fhada go raibh an bheirt acu
i ngrá le chéile. Ag deireadh na
seachtaine, tháinig mac an Rí agus Tuirne
chun cainte le Muireann agus Fionn.

'Táim i ngrá le Tuirne,' arsa mac an Rí. 'Ba mhaith liom í a phósadh!'

Cúpla lá ina dhiaidh sin, phós Tuirne agus mac Rí Chúige Uladh. Bhí bainis mhór ann. Lean an féasta ar aghaidh ar feadh seacht lá agus seacht n-oíche.

Nuair a bhí an féasta mór thart, d'imigh Tuirne agus mac an Rí ar ais go Cúige Uladh.

'Tá súil agam go mbeidh sí ceart go leor,' arsa Muireann.

'Beidh,' arsa Fionn. 'Tá mé cinnte de.'

Ach ní raibh Tuirne ceart go leor i gCúige Uladh. Bhí cailín ina cónaí ann, cailín a bhain leis na Tuatha Dé Danann. Daoine draíochta a bhí sna Tuatha Dé Danann. Bhí an cailín seo i ngrá le mac an Rí. Nuair a chonaic sí é

ag teacht abhaile ar a chapall bán agus cailín álainn eile in éineacht leis, bhí fearg an domhain uirthi.

Tháinig an cailín chuig an dún lá a raibh mac an Rí imithe amach. 'Is mise Uchtdealbh,' a dúirt sí le Tuirne. 'Tá scéal agam duit ó do dheartháir, Fionn.'

'Abair leat,' arsa Tuirne léi. 'Scéal mór é seo,' arsa Uchtdealbh. 'Scéal

mór rúnda. Tar liom ag siúl sa choill. Ní chloisfidh éinne eile an rún ansin.'

Nuair a bhí an bheirt acu istigh sa choill, tharraing an cailín amach slat draíochta. Bhuail sí Tuirne leis an tslat. Rinne cú de Thuirne!

Thóg sí slabhra amach as a mála agus cheangail sí thart ar mhuineál Thuirne

an cú é. Ansin, tharraing sí an slabhra go garbh. Lean Tuirne í agus faitíos an domhain uirthi. Shiúil siad leo ar feadh an lae.

Bhí sé beagnach ina oíche nuair a tháinig siad chuig teach beag. Bhí solas ar lasadh ann agus madra ag tafann taobh istigh.

'Bhí mise anseo cheana,' arsa Tuirne léi féin. 'Seo an teach ar leis an fear a bhíonn ag bualadh a mhadra le bata!'

D'oscail an doras agus amach leis an bhfear.

'Tá bronntanas agam duit,' arsa an cailín. 'Madra deas.'

'Níl madra uaimse!' arsa an fear. 'Imigh leat anois!'

'Ní imeoidh mé!' arsa an cailín. 'Cuirim tusa faoi gheasa draíochta.

Cuirim faoi gheasa droma draíochta
thú an madra seo a choinneáil anseo
i do theach, as seo amach.'

Nuair a chuala an fear é sin, bhí a
fhios aige nach raibh an dara rogha
aige – bhí sé faoi gheasa. Thóg sé an
slabhra ón gcailín agus tharraing sé
Tuirne an cú isteach sa teach.

D'imigh Uchtdealbh agus í ag gáire go sásta. 'Ó ná habair!' arsa Tuirne an cú, léi féin. 'Céard a dhéanfaidh mé anois?'

4
Fearghas Brónach

Bhí faitíos an domhain ar Thuirne
an cú roimh an bhfear crosta. Shuigh
sí ar an urlár sa teach beag. Bhí deora
lena súile móra gorma. Bhreathnaigh

an fear crosta uirthi. Ní fhaca sé madra
ag caoineadh riamh roimhe sin.

Den chéad uair riamh ina shaol, bhí
trua aige do mhadra. Thug sé píosa
deas feola do Thuirne le hithe agus thit
sí ina codladh.

An lá dár gcionn, thug an fear Tuirne
amach ar an sliabh. Bhí caoirigh aige
agus chabhraigh Tuirne leis aire a
thabhairt dóibh. Bhí an fear an-sásta le
Tuirne an cú.

'Is tusa an madra is deise dá bhfaca
mé riamh i mo shaol,' a deir sé léi. 'Tá
cuma chomh cliste ar na súile móra
gorma sin atá agat! Breathnaíonn tú
orm ar nós go dtuigeann tú gach focal
atá mé a rá!'

As sin amach, bhíodh an fear
ag caint le Tuirne go minic. D'inis sé di

gur Fearghas an t-ainm a bhí air.

Ba ghearr go bhfuair Tuirne amach
cén fáth a raibh sé chomh cantalach
sin. Bhí Fearghas an-bhrónach. 'Le
seacht mbliana anuas,' a dúirt sé le
Tuirne an cú, 'rugadh páiste do mo
bhean chéile gach bliain. Ach an

oíche a thagann an páiste ar an saol,
tagann fathach mór gránna isteach
ón bhfarraige agus sciobann sé leis an
leanbh nua. Beidh babaí eile ag mo
bhean i gceann lá nó dhó, má thagann
an fathach gránna sin arís agus an
leanbh a sciobadh, beimid croíbhriste!'

As sin go ceann cúpla lá ina dhiaidh
sin, bhí gach duine i dteach Fhearghasa
ag fanacht ar an leanbh nua. Nach
orthu a bhí an t-ionadh nuair a rugadh
dhá bhabaí – ní do bhean Fhearghasa,
ach do Thuirne an cú!

Dhá choileán áille a bhí iontu, súile móra
gorma acu, cosúil le Tuirne. Thug Fearghas
Bran mar ainm ar cheann amháin acu
agus Sceolán ar an gceann eile.

'Tá siad chomh cliste leat féin!' arsa
Fearghas le Tuirne. 'Nach álainn iad!'

5
Na Tuatha Dé Danann

Nuair a fuair ceannaire Thuatha Dé
Danann amach go raibh cailín dá
mhuintir tar éis madra a dhéanamh
de Thuirne, bhí sé an-chrosta. Ní raibh
cead ag na Tuatha Dé Danann a gcuid
draíochta a úsáid chun rudaí gránna
a dhéanamh. 'Caithfidh Uchtdealbh
duine a dhéanamh de Thuirne arís,'
a dúirt sé. 'Ní féidir le héinne eile an
scéal seo a chur ina cheart.' Ach ní raibh
a fhios ag éinne cá raibh Uchtdealbh.
Bhí an Ceannaire an-chrosta go deo
anois. 'Abair le m'fhoireann speisialta a
theacht anseo,' a dúirt sé.

Seachtar fear a bhí ar fhoireann speisialta an Cheannaire. Bhí scil ar leith ag gach duine acu.

Bhí duine amháin acu in ann gach ceist ar domhan a fhreagairt.

Bhí duine eile in ann gach rud ar domhan a chloisteáil. Srón le Gaoth an t-ainm a bhí ar dhuine eile – bhí sé in ann boladh duine nó ruda a chur na mílte míle i gcéin uaidh.

Duine eile fós, ba é an fear ba láidre ar domhan é. Siúinéir ba ea duine eile – an siúinéir ab fhearr agus ba thapúla ar domhan.

Bhí fear eile ar an bhfoireann a bhí in ann dreapadh in airde ar rud ar bith, ba chuma cé chomh hard a bhí sé – crann ard, nó sliabh, nó balla mór millteach.

Agus an duine deireanach ar an bhfoireann, ba é an gadaí ab fhearr ar domhan é.

'Éistigí liomsa anois, an seachtar agaibh,' arsa Ceannaire Thuatha Dé Danann leo. 'Deirfiúr le Fionn mac Cumhaill í Tuirne. Tá sí pósta ar chara mór le Fionn, mac Rí Chúige Uladh. Má fhaigheann Fionn nó an Rí, nó mac an Rí amach gur chuir duine de na Tuatha Dé Danann draíocht ar Thuirne, beidh trioblóid mhór ann. Imigí anois – agus déanaigí cinnte go mbeidh Tuirne an cú slán sábháilte.'

Shiúil an seachtar fear ar feadh an lae. Bhí siad beagnach ag teach Fhearghasa an tráthona sin nuair a chonaic siad grúpa saighdiúirí ag teacht ina dtreo. Cé a bhí ann ach Fionn agus na Fianna!

'Ná habraigí tada le Fionn faoin rud a tharla do Thuirne,' arsa an gadaí leis an gcuid eile. 'Nó beidh trioblóid mhór ann!'

Anonn le Fionn agus na Fianna chuig an seachtar fear. 'Cé sibhse?' arsa Fionn leo. 'Is ó na Tuatha Dé Danann muid,'

arsa duine acu. 'Is foireann speisialta
muid.'

'Cén sórt foireann speisialta?' arsa
Fionn.

'Tá scil speisialta ag gach duine
againn,' a dúirt duine acu. D'inis siad
d'Fhionn faoi na scileanna éagsúla
a bhí acu.

'Bhuel is iontach an fhoireann sibh,
gan aon dabht,' arsa Fionn. 'Tá tusa
in ann gach ceist ar domhan a
fhreagairt, nach bhfuil?' ar seisean leis
an gcéad duine den fhoireann.

'Tá, cinnte,' arsa an chéad fhear.

'Abair liom an méid seo mar sin,'
arsa Fionn leis. 'An bhfuil aon rud
contúirteach ag teacht thar farraige
faoi láthair chun cur isteach orainn
sa tír seo?' 'Tá,' arsa an chéad duine.

'Tá fathach mór gránna ag teacht.
Tráthnóna inniu, beidh leanbh nua
ag teacht ar an saol. Tá an fathach ag
teacht thar farraige chun an babaí beag
sin a sciobadh leis.'

   'Ná habair!' arsa Fionn. 'Inis dom – cé
leis an babaí beag seo?'

'Le fear darb ainm Fearghas é. Tá cónaí air féin agus ar a bhean chéile ar an taobh eile den sliabh sin thall.'

'Caithfimid stop a chur leis an bhfathach sin,' arsa Fionn.

'Cabhróimidne libh,' arsa seachtar Thuatha Dé Danann.

'Tá go maith mar sin,' arsa Fionn. 'Ar aghaidh linn go beo!'

6
An Fathach Gránna

Bhí an-áthas ar Fhearghas go raibh
Fionn agus na Fianna tagtha ar cuairt
chuige. Sheas sé ag an doras – agus
babaí beag, bídeach ina bhaclainn
aige. 'Deir gach duine gur tusa
an Taoiseach is fearr a bhí riamh ar
na Fianna,' a dúirt sé le Fionn.
'Beidh tusa in ann stop a chur leis an
bhfathach gránna sin go cinnte! Má
tharlaíonn aon rud don bhabaí beag
seo, beimid croíbhriste!'

Bhí Fionn an-tógtha leis an mbabaí
beag. Bhí sé an-tógtha chomh maith
le madra Fhearghasa. 'Ní fhaca mé

madra le súile móra gorma mar sin
riamh cheana,' a dúirt sé leis féin. 'Tá
cuma an-chliste uirthi.' Bhreathnaigh
Tuirne an cú air go brónach. Ní raibh sí
in ann insint dó gurbh ise a dheirfiúr!

Ba ghearr go raibh sé in am dul
a chodladh. D'fhan Fionn agus na
Fianna ina suí. D'fhan an seachtar fear
ó na Tuatha Dé Danann ina suí chomh
maith, chun cabhrú le Fionn.

Bhí Fearghas agus a bhean ina
gcodladh go sámh, nuair a labhair
an fear a raibh an éisteacht mhaith
aige. 'Cloisim an fathach ag teacht,'
a deir sé. 'Cá bhfuil sé anois?' arsa
Fionn. 'Tá sé i bhfad amach ar an
bhfarraige go fóill,' arsa mo dhuine.

Tamall ina dhiaidh sin, labhair sé arís.
'Cloisim an fathach ag teacht i dtír,'
a deir sé. 'Tá sé tar éis léimneach
amach as an mbád.'

Tamall ina dhiaidh sin, d'éirigh an
fear ina sheasamh. 'Tá sé ar an taobh
eile den sliabh sin!' a deir sé.

Ansin chonaic siad an fathach. Bhí sé
mór millteach!

'Bígí réidh leis na sleánna!' a bhéic
Fionn.

Nuair a tháinig sé i ngar dóibh, chaith
na Fianna a gcuid sleánna leis an
bhfathach. Bhuail gach sléa an fathach
sna cosa móra millteacha. Ach níor stop
sé. Anuas lena lámh mhór.

'Beir greim air!' arsa Fionn leis an

bhfear ba láidre ar domhan. Rug an fear láidir greim ar lámh an fhathaigh.

Tharraing sé agus tharraing sé. Tharraing sé chomh láidir sin, gur bhain sé an lámh den fhathach! Thit an lámh mhór ar an talamh agus leagadh Fionn agus na Fianna agus na Tuatha Dé Danann.

Ansin, bhain an fathach an díon
de theach Fhearghasa leis an lámh eile.
Shín sé isteach a mhéara agus phioc
sé suas leaba an pháiste nua. Ansin,
chonaic sé an dá choileán le Tuirne
an cú. Síos lena mhéara arís agus phioc
sé suas an dá choileán.

Ansin chas sé thart agus rith leis, suas an sliabh, an leanbh nua agus an dá choileán ina lámh aige.

Bhí Fearghas bocht an-trí chéile. 'Agus chuala mise gur tusa an Taoiseach ab fhearr a bhí riamh ar na Fianna!' a deir sé. 'Níl maitheas ar bith ionat!'

Bhí Tuirne an cú an-trí chéile chomh maith. Lig sí liú mór brónach aisti. Bhí náire ar Fhionn. 'Geallaim duit, a Fhearghais, go bhfaighimid ar ais do leanbh beag agus an dá choileán,' a deir sé. 'Geallaim duit é!'

7
An Túr Mór Ard

Léim na Fianna in airde ar a gcuid capall agus ar aghaidh leo. Rith Tuirne an cú chun cinn orthu. Rith an seachtar speisialta ina ndiaidh. Suas an sliabh leo agus anuas an taobh eile. Ar aghaidh leo ar feadh na hoíche go dtí gur tháinig siad chomh fada leis an bhfarraige.

'D'imigh an fathach an treo sin,' arsa Srón le Gaoth. 'Tá an boladh ag teacht chugam ar an ngaoth.'

'Tá bád ag teastáil uainn,' arsa Fionn. 'Cá bhfuil an siúinéir is fearr ar domhan?'

'Anseo,' arsa an siúinéir.

'Déan bád dúinn,' arsa Fionn. 'Go beo!'

Bhain an siúinéir tua amach as a mhála. Leag an fear láidir cúpla crann dó.

Chuaigh an siúinéir i mbun oibre. Ba ghearr go raibh bád breá déanta aige.

'Anois,' arsa Fionn, 'seo linn chun farraige!'

Isteach sa bhád leo.

44

'An treo sin!' arsa Srón le Gaoth.

Ar aghaidh leo. Bhí an ghrian ag éirí nuair a chonaic siad oileán i bhfad uathu.

'Sin an áit a bhfuil an fathach,' arsa Srón le Gaoth.

Tháinig siad i dtír ar an oileán. Bhí crainn ag fás i ngach áit.

'An treo sin!' arsa Srón le Gaoth. 'Tá mé cinnte de!'

Ar aghaidh leo ar fad tríd an gcoill. Suas leo thar shliabh ard, agus anuas an taobh eile. Ar aghaidh leo ar an gcaoi sin ar feadh an lae.

An tráthnóna sin, tháinig siad chuig áit i lár na coille, áit nach raibh aon chrann ag fás. Bhí túr mór ard ina sheasamh ann.

'Ní fhaca mé riamh túr chomh hard leis sin cheana,' arsa Fionn. 'Tá sé clúdaithe ag na scamaill ar a bharr!'

Bhí doras mór, millteach ann ach bhí sé faoi ghlas. 'Cá bhfuil an dreapadóir is fearr ar domhan?' arsa Fionn.

'Anseo!' arsa an dreapadóir.

'Suas leat ansin,' arsa Fionn.
'go bhfeicfidh tú céard atá thuas ann.'

Suas an balla leis an dreapadóir. Suas leis, suas, go dtí gur imigh sé isteach sna scamaill ar bharr an túir.

Tar éis tamaill, tháinig sé anuas arís. 'Tá an fathach thuas ann!' a deir sé. 'Tá sé ina chodladh i seomra mór, millteach ar bharr an túir. Tá seachtar páistí istigh sa seomra chomh maith.

TÁ AN FATHACH THUAS ANN!

'Seachtar páistí?' arsa Fionn. 'Sin iad páistí Fhearghasa! Sciob an fathach sin páiste amháin gach bliain le seacht mbliana anuas!'

'Tá an seachtar acu ag spraoi leis an dá choileán a sciob an fathach ó Fhearghas aréir,' arsa an dreapadóir. Lig Tuirne liú aisti. 'Fuist!' arsa Fionn. 'Dúiseoidh tú an fathach!'

'Fan go gcloisfidh tú,' arsa an dreapadóir. 'Tá an seomra thuas lán le hór agus le hairgead!'

'Cá bhfuil an gadaí is fearr ar domhan?' arsa Fionn. 'Anseo!' arsa an gadaí.

'Suas an túr leat,' a deir Fionn, 'agus sciob na páistí agus an dá choileán ar ais ón bhfathach gránna sin. Ach bí cúramach – ná dúisigh é!'

'Ach níl mise in ann dreapadh suas
ansin!' arsa an gadaí. 'Tá an túr sin
i bhfad ró-ard domsa!'

'Tabharfaidh an dreapadóir suas tú
ar a dhroim,' arsa Fionn. 'Seo libh anois!'

Suas an túr arís leis an dreapadóir
agus an gadaí ar a dhroim. Tháinig
siad chuig an seomra mór millteach.

Isteach leis an ngadaí go ciúin cúramach. Bhí an fathach ag srannadh leis ar an leaba. Phioc an gadaí suas an seachtar páistí.

'Bígí ciúin!' a dúirt sé de chogar. Phioc sé suas an dá choileán.

Bhí sé ag imeacht amach an fhuinneog arís nuair a bhreathnaigh sé siar ar an ór agus ar an airgead. 'Is mise an gadaí is fearr ar domhan,' a dúirt sé leis féin. 'Má fhágaim an t-ór agus an t-airgead sin i mo dhiaidh, beidh na gadaithe eile ar fad ag gáire fúm!'

Ar ais leis ansin chun an t-ór agus an t-airgead a phiocadh suas. Ach nuair a chrom sé síos, thit duine de na páistí anuas dá dhroim. Thosaigh sí ag caoineadh. Thosaigh an dá choileán ag tafann. Dhúisigh an fathach.

Bhreathnaigh sé suas. Lig sé béic
as. Phioc an gadaí suas na páistí, na
coileáin agus an t-ór agus amach
an fhuinneog leis. 'Seo linn,' a deir sé
leis an dreapadóir. 'Seo linn go beo!'

8
bran agus sceolán

Ag bun an túir, chuala Fionn an fathach
ag béiceach. 'Ó ná habair!' a deir sé.
Ansin, chonaic sé an gadaí agus an
dreapadóir ag teacht anuas trí na
scamaill. 'Déanaigí deifir!' arsa Fionn.

Rug Fionn agus na Fianna ar
na páistí, ar Bhran agus ar Sceolán,
ar an ór agus ar an airgead. Rith siad
tríd an gcoill, suas an sliabh agus ar ais
i dtreo na farraige. Bhí an fathach
ina ndiaidh an bealach ar fad, ag
béiceach leis.

Nuair a tháinig siad chomh fada
leis an trá, léim siad isteach sa bhád.
Amach chun farraige leo. Lean an
fathach iad, é fós ag béiceach.

'Tabharfaimid na páistí ar ais chuig
Fearghas ar dtús,' arsa Fionn. 'Ansin
is féidir linn troid a chur ar an
bhfathach.'

Faoin am ar tháinig siad chomh fada
le hÉirinn, bhí an fathach beagnach suas
leo. Bhí Bran agus Sceolán i ndeireadh
an bháid, ag tafann gan stad siar air.

Nuair a tháinig siad i dtír, rug Fionn greim ar an dá choileán agus léim sé amach as an mbád. Bhí siad ag rith suas an trá nuair a tháinig an fathach i dtír. Léim Bran agus Sceolán amach as lámha Fhinn. Rith siad siar chuig an bhfathach.

'Ó ná habair!' arsa Fionn.

Thosaigh na madraí beaga ag rith timpeall agus timpeall ar an bhfathach. Rinne an fathach iarracht cic a tharraingt orthu. Ach níor éirigh leis. Timpeall agus timpeall leo, ag tafann gan stad. Chrom an fathach síos chun iad a bhualadh. Léim Bran agus bhain sé greim as srón

an fhathaigh. Rinne Sceolán an rud céanna.

Thit an fathach ar an trá. Rith Fionn agus na Fianna anonn chuige. Chaith Fionn gaineamh ina shúile. Ní raibh a fhios ag an bhfathach gránna cá raibh sé. D'ardaigh Fionn a chlaíomh agus le buille mór amháin, bhain sé an cloigeann den fhathach.

Bhí Fearghas an-sásta a chuid páistí a fháil ar ais. Nuair a chuala sé an

méid a bhí déanta ag an dá mhadra
bheaga, bhí ionadh an domhain air.

'Ba mhaith liom Bran agus Sceolán
a thabhairt duitse mar bhronntanas,
a Fhinn,' a deir sé. 'Is madraí
an-mhisniúil iad.'

Bhí Tuirne an cú ag éisteacht leis an
méid seo. Lig sí liú mór brónach aisti.

Bhreathnaigh Fionn uirthi. Bhí sí ag caoineadh.

'Ní fhaca mé madra riamh ag caoineadh mar sin cheana,' arsa Fionn. 'Caithfidh mé a fháil amach céard atá uirthi.'

Chuir Fionn a ordóg dhraíochta ina bhéal, an ceann a dódh ar chraiceann an bhradáin fadó. Dhún sé a shúile. Chonaic sé solas geal ag lasadh istigh ina chloigeann. Chuala sé glór ag cogarnaíl. 'Fios. Fios. Fios,' arsa an glór.

Ansin chonaic sé gach rud – a dheirfiúr, Tuirne, ag imeacht lena fear céile, mac Rí Uladh; Uchtdealbh, an cailín draíochta ó na Tuatha Dé Danann a rinne cú di. Chonaic sé an cailín ag tabhairt Tuirne chuig teach Fhearghasa.

Ansin, chonaic sé Uchtdealbh ag imeacht i bhfolach thuas sna sléibhte.

Ar deireadh, chonaic sé an dá choileán
ag teacht ar an saol.

D'oscail Fionn a shúile. Bhí Tuirne an
cú agus an dá choileán ag breathnú air
lena súile móra gorma.

'Seo í mo dheirfiúr Tuirne,' a deir sé.
Lig Tuirne an cú liú brónach eile aisti.

'Cá bhfuil an seachtar fear ó na Tuatha Dé Danann?' arsa Fionn.

'Anseo!' arsa an seachtar.

'Imigí libh suas sna sléibhte,' a dúirt sé, 'agus faighigí an cailín a chuir draíocht ar mo dheirfiúr Tuirne. Anois díreach!'

An lá dár gcionn, tháinig an seachtar fear ar ais agus Uchtdealbh in éineacht leo.

'Déan duine arís de mo dheirfiúr Tuirne,' a deir Fionn léi go crosta. 'Anois díreach!'

Tharraing an cailín amach a slat draíochta agus bhuail sí Tuirne an cú. D'athraigh Tuirne ar ais ina bean álainn.

'Anois athraigh na coileáin chomh maith,' arsa Fionn. Bhuail an cailín

Bran agus Sceolán lena slat draíochta.
Ach níor tharla tada.

'Ní féidir liom iad a athrú ar ais,'
a deir sí.

'Cén fáth?' arsa Fionn go crosta.

'Mar níl siad féin ag iarraidh athrú,'
arsa Uchtdealbh. 'Ina madraí a rugadh
iad. Tá siad ag iarraidh fanacht ina
madraí.'

'Mmmm' arsa Fionn. 'Bhuel, is madraí iontacha iad, níl aon dabht faoi,' a deir sé leis féin.

Labhair sé le Tuirne. 'Má tá tusa sásta, a Thuirne, tabharfaidh mise Bran agus Sceolán abhaile liomsa go hAlmhain. Beidh siad in ann cabhrú liom as seo amach.'

Bhí Tuirne breá sásta leis an socrú sin.

'Tiocfaidh mé ar cuairt chugaibh go minic,' a dúirt sí leis an dá choileán.

Ón lá sin amach, bhí Bran agus Sceolán mar mhadraí ag Fionn. Nuair a d'fhás siad suas, ba iad an dá chú ba chliste agus ba mhisniúla ar domhan iad. Agus cén fáth nach mbeadh? Nach raibh deirfiúr le Fionn mac Cumhaill mar mhamaí acu?